LETTRES A MON DOMESTIQUE

BORDEAUX. — IMP. DE MAD. V. N. DUVIELLA.

AURÉLIEN SCHOLL

LETTRES A MON DOMESTIQUE

DEUXIÈME ÉDITION

PARIS

E. DENTU, LIBRAIRE - ÉDITEUR

GALERIE D'ORLÉANS, PALAIS-ROYAL.

Voici ma poésie, un oiseau terne et grêle;
Tenez, prenez lui l'aile et préparez le clou.
Quoiqu'on puisse en penser, je ne crains rien pour elle,
Elle aura toujours bien la grâce d'un hibou.

Aug. Vacquerie.

Il m'a toujours paru fort impertinent de publier un livre avant d'avoir bien mérité du public — d'autant plus qu'un premier livre est presque toujours mauvais.

Je déclare donc ici que je ne veux laisser à personne le droit de ne pas acheter le second ouvrage que je publierai et que je rembourserai par le retour du courrier les lecteurs mécontents qui me renverront ce volume.

AURÉLIEN SCHOLL,

27, rue Lepeletier.

I

Numquàm aliud natura, aliud sapientia, dicit. — De senectute. — Contre le *décorum et dulce.*

MON CHER FAUSTIN,

Je sais bien qu'en te donnant deux francs par jour pour être mon ami, j'ai volé à Alph. Karr l'une de ses plus charmantes idées. Au moins me rendra-t-on cette justice que je n'ai point détroussé un pauvre diable. Je n'avais d'ailleurs aucun prétexte à correspondance, et si bête que je te sache, mon cher Faustin, je suis convaincu que tu n'aurais jamais consenti à recevoir mes lettres et à les lire gratis — et encore moins à me les laisser publier sous ton patronage.

Je dois ajouter que cela me réjouit infiniment de songer que tu es obligé de me lire et de me trouver sublime ; que je vais heurter tes croyances les plus saintes et te blesser dans tes affections les plus pures, et qu'il te faudra m'applaudir à outrance, sous peine d'être mis demain sur le pavé.

Pourquoi te cacher, Faustin, que mon intention était d'abord de te *démoraliser*. — Tu frémis, n'est-ce pas? et cela, parce que notre morale est d'une immoralité révoltante. Je te prouverai, en temps et lieu, qu'elle n'est basée que sur des sophismes, que ce qui est moral aujourd'hui peut n'être pas moral demain, et qu'il n'y a d'absolu en ce monde que nos passions. Je me bornerai maintenant à t'esquisser quelques manières de voir que je te défends de trouver paradoxales et que je t'oblige à partager.

II

Spectateurs à gueule bée des pantalonnades qui s'exécutent autour de nous, nous avons vu ces gentilshommes de strass et ces interlopes écrivains, accapareurs et abrutisseurs, qui sont les parasites des salons et des arts, s'imposer à la foule idiote comme les mouches qui tombent dans le potage.

Ces messieurs inventèrent l'habit noir et la cravate blanche, et les dommages et intérêts pour coups et blessures.

Aussi, qu'une main retombe aujourd'hui sur une face, l'insulteur, une fois calmé, retirera le soufflet, et l'adversaire — la joue.

C'est ainsi que sera satisfait l'honneur, qui est en vérité de bonne composition.

Ainsi que le cœur, l'estomac a dégénéré. On dîne, on déjeune, et c'est tout.

A peine s'il se trouve quelques schismatiques pour souper en autre temps que le carnaval. Encore ont-ils cubé le plaisir pour établir cette inflexible règle que — pour un nombre déterminé de génovines — on doit avoir un mètre carré d'orgie et de sourires.

Je ne demande qu'une chose à ces laquais du préjugé, c'est de me laisser la rivière et le charbon, le laudanum et la corde.

Que cela m'hébète de les voir toucher à tout !

Vous verrez qu'on ne pourra même plus se pendre. Cet usage tend à disparaître chaque jour.

Ces couards discoureurs ont bien osé dire : Le suicide est une lâcheté !

Oh ! si cela était ainsi, l'espèce humaine

aurait cessé depuis longtemps de fumer sa planète. On se tue trop peu pour qu'il n'y ait pas courage à se tuer. La lâcheté est de subir le joug, d'attendre les infirmités, d'assister à sa propre putréfaction et de recevoir avec humilité le coup du suprême couteau.

L'homme n'est vraiment grand et sublime que quand il est dans toute sa force et dans toutes ses passions; et je m'étonne — après tous les articles que je leur ai donnés dans les reins — de voir encore des enfants et des vieillards se montrer sans vergogne sur les promenoirs

III

L'ESPRIT ET LA FORME.

Le paradoxe est plus vrai que la vérité. C'est la vérité qui va vivre et remplacer celle qui se meurt. Le soleil du lendemain est plus vrai que le soleil du jour à l'heure où il décline. C'est ainsi que la jeunesse est en toutes choses plus vraie, plus apte, plus morale que la vieillesse.

Les vieillards ont vécu, dit-on ; ils ont l'expérience des hommes et des choses. — Oh ! s'ils ont vécu, c'est tant pis pour eux, et je préfère avoir à vivre.

Je nie d'abord que trente années de plus ou de moins puissent suffire à affermir le jugement, à consolider la raison.

Et je soutiens, au contraire, que l'usage de la vie ne peut que pervertir les bons sentiments et corrompre entièrement le cœur essentiellement vicieux de la pitoyable créature.

L'expérience, c'est la science de toute ignominie.

L'humanité peut se diviser en quatre catégories : hommes verts, hommes mûrs, hommes blets et hommes faisandés.

La jeunesse s'instruit par intuition. Si l'on ne savait que ce qu'on apprend, on ne saurait rien. Et une fois que l'homme est lui-même, il sait tout ce qu'il est susceptible de savoir. Sa vie a marqué midi, il ne peut que décliner.

Le jeune homme a toutes les audaces, le vieillard a toutes les timidités.

La laideur de la jeunesse est la beauté relativement à la laideur de la vieillesse.

Le vieillard a appris toutes les roueries, toutes les corruptions. Et en admettant qu'il en soit resté pur, — ce qui est impossible, — il aura toujours le désavantage sur un jeune homme qui fera pis peut-être, mais qui ne l'a pas encore fait.

Toute passion est hideuse en soi. Elle s'ennoblit par l'authenticité seule de sa puissance et de sa satisfaction.

La passion chez un homme blet n'est plus qu'une vile convoitise.

Que sera-t-elle donc chez un homme faisandé ?

Triste régal d'amour que ces momies enveloppées de leurs bandelettes !

Si l'enfance est l'ébauche de la virilité, la vieillesse en est la caricature.

Elle déshonore les matériaux que la nature avait temporairement prêtés à l'homme et qu'elle revendique.

Les vieillards sont égoïstes et entêtés.

Leurs sens sont usés comme des vieux sous. C'est pour eux qu'on a inventé les astringents et les moxas.

J'en ai connus qui s'érigeaient en donneurs de conseil, et, — tout fiers de leurs rides et de leur dessèchement, — ceux-là me poursuivaient de leurs remontrances, jusqu'à ce que je leur eusse promis, — pour les calmer, — d'aller cueillir des citations sur leur tombeau.

D'autres portaient cyniquement les cadavres galvanisés de leurs passions. Et quand ils me parlaient femmes, je leur répondais *testament et De profondis.*

Si les hommes mouraient à quarante ans, et les femmes à seize, la vertu ne serait plus un mot.

IV

INTERRUPTION.

Je m'aperçois avec horreur, mon cher Faustin, que j'ai été sur le point de *mettre en ordre* les histoires que j'ai dans la tête afin de ménager mes effets en te les racontant. Que le ciel me punisse de cette mauvaise pensée ! Ma correspondance ne doit être qu'une lanterne magique où les personnages passeront pêle-mêle et en confusion. C'est à toi de demander à chacun son idée et sa leçon. Je crois cependant à propos de t'esquisser dès à présent les principes généraux de la littérature civilisée.

V

COMMENT ON FAIT UN ROMAN.

§ 1.

Qui donc a dit que le roman se mourait de la poitrine, que je lui dise qu'il en a menti. Le roman est obèse et ne s'en porte que mieux. Que ferions-nous aujourd'hui, je vous le demande, de ces poésies qu'on appelait légères, sans doute par ironie? Le siècle où nous vivons aime les grosses bouchées. Il lui faut des livres en tas.

Qu'à cela ne tienne.

Et, comme ces taverniers qui, d'un tonneau de bon vin, font six tonneaux de piquette, les auteurs essoufflés sauront délayer leurs pensées et remplir à pleins bords la mesure exigée.

Monseigneur tient les cordons de la bourse, et ses appétits doivent être satisfaits.

En guise de préface à notre *Manuel du parfait romancier*, et dans le but de faciliter la vente de l'ouvrage, nous publions les règles générales de la composition d'après les auteurs les plus renommés, depuis Apulée jusqu'à Alexandre Dumas inclusivement.

Avant toutes choses, le titre de l'ouvrage doit exciter l'attention et piquer la curiosité.

Le temps est passé des vierges sensibles. Alméïda est loin. Cœlina est pour toujours rentrée dans le mystère. Avec les onze mille vierges tout avait été dit, et le calendrier n'en pouvait davantage.

Le système numérique lui-même a perdu les faveurs du public : il y a *Seize* ans, les *Treize*, *Vingt* ans après, les *Quarante-cinq*, les *Sept* péchés, les *Cent trente* femmes et autres avaient épuisé la table des nombres, comme le Mendiant *noir*, le Loup *blanc*, le Collier *bleu*, les Hommes *rouges*, et *tutti quanti* les couleurs de la palette.

J'aimais assez les *Ecorcheurs* ou le *Chef des Pénitents noirs*, je raffolais du *Château des Cadavres* et du *Chasseur de Fantômes*. Mais voilà qu'un jour le public a trouvé que les spectres se faisaient vieux, et il a fallu chercher autre chose.

Les *Voyages* et les *Mémoires* ont vécu ce que vivent les directeurs au Vaudeville. Le vent est aux *Nouvelles*, les nouvelles se suivent... et se ressemblent.

Pour être vraiment original, au jour où nous vivons, il a fallu intituler un roman : En 18...

§ II

Les genres divers que comporte le roman sont innombrables comme ses divisions.

En effet, le roman peut être : pastoral, social, gymnastique, colonial, historique, etc., etc.

Monte-Christo, Ascanio, les Mousquetaires appartiennent au genre gymnastico-historique. On y rencontre des personnages qui sautent d'un troisième étage et qui retombent sur la pointe des pieds. Le héros y traverse l'Océan à la nage, et fait des tire-bouchons avec les pilliers des reverbères à gaz.

Virons de bord et entamons le roman maritime. L'auteur est d'ordinaire un ancien pilotin qui conduit une intrigue amoureuse à travers les flots.

On amarre, on file des nœuds vent arrière ou vent debout, on va de babord et de tribord. On soupire dans l'entre-pont, et l'on se donne des rendez-vous dans la cambuse. Le pirate est indispensable et le naufrage de rigueur. Le naufrage est une situation qu'on ne peut guère envisager d'un œil sec.

Après une longue traversée, il se trouve, sur quelque rivage, un maire primitif qui sanctionne l'union trop ballottée de Kernambec et de Julia.

Le roman colonial est rempli de boucaniers, de bananes, de forêts vierges et de boas constrictors.

Le nègre Necao a juré de manger la chevelure du mulâtre Maradan. Il se glisse à travers les joncs qui croissent auprès du Morne-aux-Tigres, et enlève à coups de hache la tête de son ennemi. De retour dans sa hutte, Necao se livre à son horrible festin, et les cheveux de Maradan ne tardent pas à l'étouffer.

La longueur du roman dialogique n'a d'égale que sa rapidité. Un cavalier. tout couvert de poussière, arrive sur le midi dans une hôtellerie.

— Holà !

— Qu'est-ce ?

— Quelqu'un !

— J'y cours.

— Hôtelier !

— Voilà.

— Du vin !

— C'est bon.

— Du pain !

— De suite.

— Qu'avez-vous ?

— Du bœuf.

— Après ?

— Du gibier.

— Bien.

— Un perdreau...

— Soit.

— Une bécasse.

— Servez.

— Et de plus?

— Du Xérès.

— Compris.

Il faut observer que chaque exclamation forme une ligne, et que quatre lignes forment une page. Les éditeurs fabriquent ainsi plusieurs volumes à peu de frais, mais ces conversations descriptives sont très-dangereuses pour les imaginations ardentes.

Si vous avez à décrire une localité, que ce soit au point du jour, à midi, au crépuscule ou à minuit. Les heures intermédiaires étant les seules pendant lesquelles on agisse dans la vie, le roman les a abolies.

C'est ainsi que l'almanach romantique ne reconnaît que trois mois à l'année : janvier avec les chasses, les avalanches et les étangs glacés qui engloutissent les amoureux trop confiants; août, le mois des séductions torrides et des amours adultères; puis, le fiévreux octobre, avec ses nuées de feuilles mortes et ses chœurs de phtisiques qui lèvent les yeux au ciel en buvant à pleins verres de l'huile de foie de morue.

§ III

Ce qui préoccupe d'abord un écrivain consciencieux, c'est le caractère et la couleur qu'il convient de donner à chacun de ses personnages, d'après le rôle qui lui a été départi dans l'action. Mais ce travail devient facile, si l'on considère que dans quelque situation que ce soit, un mari défend sa femme, un prisonnier cherche à s'évader, un avare tremble pour son trésor, un parricide est sujet à des inquiétudes nocturnes, etc., etc.

Dans une brochure publiée à Madrid, un de nos confrères de la presse espagnole, après s'être longuement étendu sur le style descriptif en général et sur les portraits à la plume en particulier, établit quatre écoles bien distinctes, qu'il appelle : botanique, zoologique, minéralogique et minutieuse.

S'agit-il de tracer le portrait d'une jeune fille, l'école botanique dira : Marguerite était blanche et pure comme un lys à son premier matin ; ses yeux étaient bleus comme la campanule des champs, sa chevelure odorante comme les grappes fleuries de l'acacia, et ses lèvres plus fraîches qu'un œillet rouge où perle la rosée.

Avec une tige et quelques étamines, on obtiendra facilement un portrait complet.

L'école zoologique nous peindra Fauvella, avec une taille de gazelle, une voix de rossignol, le regard fascinateur du serpent et la souplesse du tigre.

Argentine, dira la minéralogie, avait des dents de perles et des lèvres de corail, des yeux de jais et un cou d'albâtre. Elle brillait comme un diamant limpide dans le monde où le sort l'avait jetée, et l'on aurait oublié auprès d'elle tous les trésors de Golconde et d'Almaden.

Passons à l'école minutieuse :

Le vendredi 13 octobre 1831, Marie-Thérèse-Angèle de Châteauneuf copmtait dix-sept années trois mois et onze jours. La blancheur de sa peau était déparée par une tache imperceptible un peu au-dessus de la tempe gauche.

Sa chevelure était entièrement noire, à l'exception d'un cheveu d'une couleur rougeâtre qui n'échappait point à l'œil de l'observateur.

Sa main rose et potelée était traversée par une ligne légère qui courait du métacarpe à la seconde jointure de l'index, etc., etc.

Et ce n'est pas plus malin que cela !

VI

COMMENT ON FAIT UNE PIÈCE.

§ 1

Depuis que le théâtre est plongé dans le marasme et les directeurs dans la désolation, le goût de la littérature dramatique s'est éveillé de toutes parts. Il n'est pas de clerc de notaire à Paris, ou de chétif avocat en province, qui ne veuille avoir son drame ou sa comédie de mœurs. Le besoin d'un *Manuel du parfait Dramaturge* se faisant généralement sentir, nous avons tâché de réunir en quelques volumes les règles les plus générales de l'art. Espérons qu'on nous saura gré de cette honorable tentative, tout en regrettant que les limites trop étroites d'un journal ne nous permettent de publier aujourd'hui que quelques chapitres de notre œuvre, à titre de ballon d'essai.

Aphorismes. — Au théâtre, on appelle *métier*, l'art de combiner deux vieilles pièces en une seule, et de l'écrire incorrectement.

.·. Pour ne pas manquer son effet, le drame doit être absurde et ne pas en avoir l'air.

.·. La meilleure pièce est celle où tous les personnages sont reconnus, — au dénoûment, — pour être de la même famille.

Si vous voulez faire un drame à succès, prenez : un forgeron que vous appelez *Jean-Pierre*, un grand seigneur (comte Luidgi), un tout jeune homme (Fernand ou Valentin), une jeune fille vertueuse, mais bien portante (Marie); vous aurez comme accessoires un testament, des pistolets et une croix d'or.

Jean-Pierre aime Marie (qu'il peut avoir épousée). Luidgi veut enlever la jeune personne, qui est la fille et l'héritière d'un prince napolitain (la croix d'or est là pour le prouver). Marie, après avoir longtemps gémi, consent à fuir pour sauver l'enfant qui doit naître après le prologue.

Jean-Pierre a cherché le ravisseur pendant dix ans. Il le retrouve et le traite de gredin et de grand seigneur.

Le fils de Marie va se battre avec Jean-Pierre, mais la mère éplorée se précipite entre les combattants, en disant à l'un : voilà ton fils ! à l'autre : voilà ton père ! ce qui n'étonne personne.

Cette augmentation de famille chagrine sensiblement Luidgi. Il poignarde Jean-Pierre, il fait noyer sa femme, et présente à Valentin une pastille à l'arsenic. Il se croit libre enfin, et se dispose à jouir en paix du fruits de ses travaux ; mais tout à coup, ceux qu'il croyait morts *entrent par le fond,* et au lieu de recommencer (comme vous et moi si nous étions à sa place), le malheureux

Italien se fait sauter la cervelle dans la coulisse (au deuxième plan à droite), tandis que Jean-Pierre attendri, bénit sa famille agenouillée sur un parquet mal ciré.

Aphorisme — La bénédiction est au dénoûment ce qu'est le fromage au dessert.

Nota. Aussi bien que forgeron, Jean-Pierre peut être tailleur de pierre, cocher ou menuisier Je ne vois pas non plus d'inconvénient à ce que Marie soit bergère, mulâtresse ou duchesse d'Armagnac. Mais Luidgi ne peut, sous aucun prétexte, n'être pas grand seigneur.

Le drame d'intérieur ne vient qu'après le drame populaire.

Le général, — qui a déjà un pied dans la tombe, — a épousé Valentine, à l'âge de onze ans. Le général adore Valentine, mais en revanche Valentine ne peut pas le souffrir et porte constamment à sa ceinture un bouquet que lui a offert une main inconnue... à son mari. Le général surprend son épouse en tête à tête avec Paul Lambert, à deux heures du matin. Valentine va s'enfuir avec le vêtement indispensable (au dire de la pudeur du moins, car moi...); mais le général l'arrête, — et laissant les deux coupables en tête à tête avec une coupe empoisonnée, il leur donne cinq minutes pour réfléchir. Au lieu de réfléchir, ils prennent la clé des champs.

Le général se met à leur poursuite, et après les avoir cherchés vainement en Italie, il finit par les rencontrer à Paris au milieu d'une nombreuse famille. Touché d'un accord aussi parfait, il reconnaît ses torts et laisse aux deux amants tous ses biens par testament.

§ II

Que s'il s'agit d'un vaudeville, la chose est tout aussi simple.

Beaumignard a épousé Hermance, la sœur

d'Henriette. Pélican aime Henriette qu'il croit la femme de Beaumignard. Celui-ci trouvant Pélican dans son appartement se dispose à lui casser les reins, quand arrive Fil-en-Quatre qui est créancier de Beaumignard mais qui ne l'a jamais vu. Beaumignard désigne Pélican aux gardes du commerce et le fait arrêter à sa place.

— Soit, dit Pélican, c'est moi qui suis Beaumignard ; à combien se monte la dette ?

— Onze francs et vingt-cinq centimes.

— Je les paierai si vous m'aidez à chasser ce monsieur de mon appartement.

— Me chasser de chez moi ! s'écrie l'imprudent Beaumignard.

Les gardes du commerce vont l'entraîner, quand Henriette qui a tout entendu, cachée sous une table, se jette au cou de Pélican — qui paie.

Si quelqu'un peut me prouver que cette pièce n'ait pas été faite mille fois, je lui donne pour cent sous mon château et ses dépendances.

En dehors des principes que nous avons esquissés, il y a cent façons de faire une pièce. Je connais tel auteur qui ne peut rien imaginer de palpitant sans jouer au bilboquet. Plus la situation est tendue, plus le bilboquet doit être lourd.

Tel autre est incapable de confectionner le moindre vaudeville sans avoir un faux nez et un miroir devant lui.

Ce n'est pas ici le moment de faire ressortir les bienfaits de la collaboration.

Nous citerons seulement l'exemple de M. Eugène Chenillard, connu par d'honorables succès. Un auteur quelconque a-t-il besoin d'argent, il écrit à Chenillard : « Mon petit, envoie-moi 500 fr., et je te cède la moitié de mon drame *Sampietro* ou le *Macaroni des Alpes.* » Chenillard envoie les 500 fr., le drame se joue et le nom de Chenillard est porté aux nues. Si Chenillard est à la campagne au moment de la représentation, il fait le voyage de Paris pour venir s'assurer par lui-même qu'il a un immense talent.

Aphorisme. — Le succès est comme le gros lot d'une loterie qui peut échoir à tous ceux qui ont des billets, mais qui n'échoit qu'à celui qui a de la chance.

Avis aux jeunes littérateurs qui savent lire !

VII

LA ROMANCE.

Certes, nous sommes un peuple éminemment dégoûté et blasé. Jean Hiroux nous amuse un jour, et nous recommençons à nous ennuyer ensuite.

Tous les genres possibles de littérature

sont tombés dans l'égoût, et gisent profondément sous la croûte épaisse de l'oubli.

Les romans nouveaux se lisent à peine dans les estaminets.

Eugène Sue est usé, usé, usé, usé.

Les plus grands succès s'en vont en queue de poisson.

Il est curieux de voir comme on écrit aujourd'hui.

La littérature est un travail de marqueterie, une œuvre de patience, où chaque mot ne se trouve pas toujours à la place qui lui conviendrait.

La plume n'accuse jamais la ligne où s'arrête le dessin. Il en résulte un je ne sais quoi de flasque et d'ondoyant où la couleur chatouille quelquefois la vue, mais qui ne supporte pas l'examen.

On jette son thème au hasard sur quelque feuille de papier, puis on tire, on tire, — et l'on fait courir la plume, comme la fileuse fait tourner son fuseau, — tant qu'il y a quelque ehose à la quenouille.

C'est là tout le procédé moderne.

L'auteur ébauche ses inspirations et développe toutes les branches inutiles de sa pensée, — sans jamais faire porter à une idée son fruit propre.

On écrit, mais on ne pense pas, et c'est là ce qui fait que la littérature *marchande* n'a aucune signification, ni en philosophie, commecomposition, ni en art, comme forme.

Parmi ces révolutions successives du goût et de *la manière*, inébranlable dans ses rimes, une seule chose est restée debout, à l'abri des attaques des iconoclastes :

La romance !

La romance édentée, ridée et choyée cependant, la romance qui *aime* et qui *aimera toujours !*

La romance a tenu bon malgré les turbulents esprits qui l'auraient infailliblement ridiculisée, si elle était ridiculisable. Il lui a suffi de prendre le costume à la mode des temps qu'elle traversait pour que le goût public lui restât fidèle. Les chanteurs de société ne l'ont même pas tuée sous eux. Il est d'immortelles bêtises.

Naïve et champêtre à l'origine, la romance, — à cette époque sombre et désillusionnée, que le doute byronien a couverte de son manteau, — n'a plus chanté qu'au pic des rochers sauvages, où elle jetait aux vents ses blasphèmes et ses suprêmes désolations.

Mais qu'elle soit moyen-âge ou maritime, mauresque ou pastorale, c'est toujours l'amour que chante la romance.

L'amour ! c'est là le secret de cette existence si prolongée.

La romance doit régner aux salons et à l'atelier, à la ville et à la campagne, tant qu'il y aura des filles et des garçons, et tout me porte à croire qu'il y en aura encore longtemps.

L'amour est le prétexte éternel du mélodrame et du mariage, de l'adultère et de la romance !

Or, puisque l'amour est sur le tapis, parlons de l'amour.

VIII

L'AMOUR A LA MORGUE.

§ I.

L'autre jour, je suivis la foule inquiète qui se pressait à la Morgue pour y chercher une émotion banale ou étancher son ardente curiosité.

Quelles ne furent pas ma surprise et ma douleur de reconnaître sur les dalles une figure amie !

Entre un vieillard et un joueur que la Seine avait rejetés la veille tout souillés de ses baisers fangeux, un enfant était couché, calme et souriant encore sous le masque de pâleur que la mort avait étendu sur son front.

Le joli enfant ! Il était gros et bouffi comme ces chérubins enluminés qu'on voit dans les missels à images. Ses cheveux bouclés ruisselaient sur ses rondes épaules...

La foule le regardait avec admiration.

Il y avait là des jeunes hommes et des jeunes femmes, des enfants et des vieillards, — mais personne ne le reconnut.

Et pourtant, au-dessus de sa tête, on aurait pu voir un carquois appendu, un carquois avec cinq flèches dorées !

L'arc n'avait pas été retrouvé.

§ II.

Cupidon, est-ce bien toi que j'ai revu au milieu de ce sinistre appareil ?

Quelle main sacrilége a donc arraché tes ailes de roses ! Le feu qui brûlait sur tes autels est-il à jamais éteint. comme dit M. de Florian ?

Qu'est-il devenu ce bruyant cortége des Jeux et des Ris qui se pressait sur tes pas ?

Serait-ce pas eux que j'ai vu s'enfuir à tire-d'aile comme une troupe de passereaux effarouchés ?

Il est donc vrai, l'Amour n'est plus ! Cupidon s'est noyé.

Que pouvait-il faire de mieux ?

La colombe de l'arche avait au moins trouvé, pour se poser, un rameau d'olivier. Mais l'Amour avait en vain fatigué son essor.

Et quand il a vu toutes les portes verrouillées, tous les cœurs fermés, il s'est noyé, le pauvre enfant !

Heu ! mihi ! qualis erat ! quantum mutatus ab illo !

Il y avait bien pour lui quelque obscure

royauté au fond d'une province lointaine, mais depuis que la philosophie avait fait du dieu de Cythère — *une tendance à l'unité* — il avait résolu d'en finir avec la vie.

Ç'avait été pour lui le coup mortel.

Eh bien ! c'était une chose triste et malheureuse à voir que cette victime de l'égoïsme universel, divinité d'un autre âge, vagabonde aujourd'hui et misérable jusqu'à la mort...

Nous n'irons plus au bois, les lauriers sont coupés.

§ III.

J'en étais là de mes larmoyantes cogitations, quand Rosine, à son tour, vint regarder au vitrage.

Elle s'appelait peut-être Marie ou Henriette, — à moins que ce ne fut Cœlina, — mais elle devrait bien s'appeler Rosine.

Rosine avait la peau blanche et fine, et le nez intelligemment retroussé.

Ses blonds cheveux, — relevés en nattes épaisses, lui auréolaient le front d'une automnale couronne.

Et si, — par quelque nuit d'été, les astronomes, il y a seize ans, remarquèrent l'absence de deux étoiles, c'est qu'il avait fallu des yeux à Rosine.

Sa main gauche était seule gantée, et je pus voir ses doigts effilés et ses ongles roses qui se courbaient sur la peau, ce qui est d'une beauté suprême.

Elle avait tout ce qu'il faut sur la poitrine; — et, puisqu'il est reconnu aujourd'hui que toute femme a son odeur comme son caractère particulier, je vous dirai qu'elle sentait la fraise.

Oh! comme elle mit la main sur son cœur en reconnaissant l'Amour!

Elle poussa un petit cri, et je crus qu'elle allait s'évanouir.

Elle réclama Cupidon comme son cousin.

Je crois vraiment qu'on le lui donna et qu'elle l'emporta dans son châle.

Je m'élançai sur ses traces ; mais elle disparut au détour d'une rue, et je ne pus savoir quelle était cette charmante fille, dont le cœur sera peut-être le dernier sanctuaire de l'Amour.

IX

TRISTESSE DE CLAUDIUS.

§ I.

..... Ce jour-là, Claudius vaguait, grelottant et affamé. Sa tête désolative et basanée, ses regards paradoxalement aigus inquiétaient la police et les bijoutiers.

— J'ai froid, disait-il, je sens les nerfs se contracter en moi. Mon cœur se blottit sous ma douloureuse mamelle, et il est des gens qui, les pieds au feu, disent avec un épais sourire : « En vérité, l'hiver est doux ! »

Oh ! qui leur apprendra l'âcreté du vent de décembre, avec ses baisers corrosifs comme un fer rougi !

§ II.

Il y a là-bas, — par delà la Seine, — des ours et des tigres logés, nourris, chauffés aux frais de l'État.

Ce n'est pas moi qui obtiendrai jamais une aussi agréable sinécure !

Je n'ai qu'une misérable guenille pour couvrir congrûment mon anguleuse charpente, et je vois un serpent qui a deux couvertures de laine ! Si je lui en prenais une, on m'arrêterait.

Les enfants ont des brioches pour les ours, et les hommes n'ont pas de pain pour moi.

Que ne suis-je ours !

§ III.

Puis, Claudius, pour aller rendre ses devoirs à un carabin de ses amis, se dirigea vers l'amphithéâtre d'un hôpital.

Là, grimaçaient, — puants et charcutés, — une douzaine de cadavres.

— Quand je serai mort, pensa Claudius, il me semble que je n'abandonnerai pas aussi lâchement mon corps. Si laid qu'il soit, c'est la moitié de moi-même. Si la mort n'était pas le néant, l'esprit de ces hommes viendrait chercher leur cadavre.

Et apercevant, dans un coin, un oublié que le scalpel ne devait entamer que le lendemain, il s'approcha pour causer avec lui.

§ IV.

Ç'avait été une belle nature d'homme. Il

paraissait bien constitué et la vigueur semblait courir encore dans ses muscles d'acier.

Les ongles de la misère avaient dû s'émousser contre cette puissante poitrine...

Quel avait donc été le poison dévastateur de cette existence terrassée? Quelle force inconnue avait pu l'entamer, — ce monument humain?

§ V.

Claudius souleva le drap qui recouvrait le cadavre, et il aperçut un tatouage sur le bras droit, qui retombait comme au tronc d'un chêne la branche qu'a brisée la tempête.

Au-dessous d'un cœur percé d'une flèche étaient écrits ces mots :

« ***Désirée, à toi pour la vie!*** »

— Où étiez-vous, femme, quand cet homme est mort, et pourquoi votre amour n'a-t-il pas obombré la vie qu'il vous avait confiée?

Si vous l'aviez aimé, vous vous seriez vendue pour racheter son corps.

Cette fille folle que chacun butine sur sa route, peut-être est-ce là Désirée?

Cette mendiante aux yeux pleureurs, aux lèvres bleuïes, c'est Désirée peut-être?

Chose triste que ces amours qui ont fini à l'amphithéâtre!

Amours?

§ VI.

Claudius avait le cœur gros quand il sortit de là. Ses noirs cheveux pleuvaient en désordre sur son front obscurci.

La calme lourdeur de la compatissance avait remplacé chez lui les pensers haineux et les sauvages désolations.

— Ce rose tableau, murmura-t-il, m'a fermé l'appétit, et je n'aurai de ce soir point besoin de manger. Voilà comme on économise !

§ VII.

Le lendemain, on le trouva mourant de froid et de faim sous une arche du Pont-Neuf.

On le transporta à l'hopital de la Charité. C'est là seulement qu'il devait mourir.

Cette puissante nature s'est éteinte sans souffrance.

Avant de rendre le dernier souffle, il a tourné sept fois sa langue dans sa bouche, selon le précepte du Sage.

Il a maudit le siècle parâtre qui avait à peine jeté une guenille sur sa nudité; il a maudit sa mère parce qu'elle lui avait donné la vie, et la littérature parce qu'elle la lui avait ôtée.

Puis, le regard calme et le front serein,

serrant la main de son dernier ami, il s'est à jamais endormi en blasphémant.

Et son âme, qu'il niait, s'est envolée vers Dieu, auquel il ne croyait pas.

C'est ainsi qu'on meurt aujourd'hui.

Le découragement a soufflé sur notre ardente jeunesse.

L'intelligence est une maladie qui tue le corps. Il ne faut sentir et comprendre que pour arriver à nier le sentiment et la pensée.

L'homme est né pour ses plaisirs, et les misères mêmes attachées à sa triste condition lui font une loi de se distraire et de se consoler.

De quoi Dieu s'offenserait-il, puisque rien n'arrive contre sa volonté?

L'arbre est heureux dans sa forêt, le crocodile vit sans souci sur les bords sablonneux des fleuves de l'Afrique, et le crapaud meurt centenaire sous le cresson chevelu que caresse l'eau qui court.

Soyons, — le plus qu'il se pourra, végétal et animal C'est là le bonheur.

Claudius était un peu mort de faim avec tous ces poëtes de 1830, athlètes vaillants que la foule n'a pas applaudis, — et qui cependant sont tombés en souriant !

Au seuil de la vie, alors que la jeunesse à ses yeux éblouis et charmés enchantait l'horizon, Claudius avait voulu escalader le ciel.

« Puisque Dieu s'est fait homme, écrivait-il, pourquoi l'homme à son tour ne se ferait-il pas Dieu? »

Et il dressa contre les nuages la grande échelle de la philosophie.

Puis, quand il s'élança pour en gravir les degrés, il retomba lourdement sur la terre, et, seulement alors, il s'aperçut qu'il y manquait les échelons d'en bas.

La science est le brasier où se consument nos croyances.

Claudius n'y put pas vivre, — moins fort en cela que Abetnego qui s'est promené les bras croisés dans une fournaise.

Qu'importe un nom de plus aux pages de notre histoire?

Oublions Claudius.

Il a défendu qu'on priât pour lui!

X

C'est ainsi qu'ils finissent tous, Faustin, ces gens qui ne veulent ni pétrir la pâte, ni scier du bois, ni vendre du sucre.

O mes amis, le jour où pendu à la flèche de mon lit, je vous tirerai la langue avec orgueil, dites autour de moi :

« La vie est mauvaise! il s'ennuyait, et il a fait en brave... La vie est mauvaise! »

XI

JOURNAL D'UN BOHÊME.

(PAGE 45.)

...... Le terrible tailleur veillait à ma porte; cet homme empoisonnait ma vie.

Sa colère s'émoussait contre la cuirasse de mon indifférence, mais la cupidité m'a toujours révolté.

Un matin, contre l'ordinaire, il vint à moi calme et suppliant; sa douleur me remuait profondément.

— Que voulez vous? lui demandai-je avec des larmes dans la voix.

— Ne consentirez-vous jamais à solder le montant de cette note?

— Qui a dit cela, Monsieur?

— Il me semble qu'avec un peu de bonne volonté...

— Écoute, tailleur, deux raisons s'opposent à ce que tu me demandes là : ma panne et mes principes.

— Monsieur, je suis père de famille !

— Je t'en félicite !... Eh bien ! puisque tu es père de famille, suis bien mon raisonnement.

J'ai vingt ans, et, tu le vois, ma tête est fière comme ma santé.

— Nous avons d'abord un habit de quatre-vingts francs.

— Qui pourrait énumérer les soins que m'a prodigués ma tendre mère ? Quels sacrifices mon père ne s'est-il pas imposés pour parfaire mon éducation ?

— Un paletot de cinquante-cinq !

— Et le jour où il a vu l'enfant fait homme, il m'a dit : Va !

— Un pantalon haute fantaisie...

— J'ai coûté depuis ma naissance :

Mois de nourrice.	F.	600
Habillement.		5,000

— Vous m'étonnez !

— Ne m'interrompez pas, tailleur !

Nourriture.		1,000
Éducation, collége.		6,000
Consultations, pharmacie. . . .		5,000
Menus plaisirs.		8,000
Choses diverses.		5,000
Ci.	F.	30,600

Trente mille six cents francs, entends-tu, tailleur?

— Il y a aussi un gilet doublé molleton...

— C'est donc un capital de trente mille six cents francs que je représente, capital employé à faire de moi un homme utile à la société, qui ne m'en rembourse pas les intérêts...

— Un coachman collet velours ..

— Car elle me laisse en disponibilité...

— Cela fait un total de cent quatre-vingt-cinq francs.

— Et cependant je suis rempli d'intelligence et de logique !

— Je n'en doute pas, Monsieur !

— Et c'est pour cela que je regarde mon tailleur, mon bottier et mon restaurateur comme les agents chargés par la société de me rembourser les intérêts de ce que je vaux personnellement.

— Et mes cent quatre-vingt-cinq francs?

— Cent quatre-vingt-cinq d'une part, trois cents de mon restaurateur, deux cents de mon propriétaire, soixante-quinze de mon bottier... cela fait sept cent soixante francs que j'ai gagnés ce semestre-ci !

XII

PRENEZ UN ÉTAT.

Il avait vingt ans lorsque son père mourut.

On lui dit : Prenez un état.

Il répondit : A quoi bon? n'ai-je pas une honnête fortune?

Il avait une figure avenante, le regard expressif, la main blanche et le pied coquet.

Il était d'une joyeuse et franche nature. On aimait à l'avoir auprès de soi.

Il régnait dans sa petite ville, Surgères, — vingt maisons dans une prairie.

Les dames du pays l'appelaient simplement Marcel.

Il faisait danser toutes les demoiselles et toutes lui serraient la main un peu plus fort qu'il ne l'eût fallu rigoureusement.

Le tantôt, — à la promenade, — on lui disait : Marcel, racontez-nous une de ces histoires qui nous amusent.

Le soir, à l'assemblée, on lui disait : Marcel, chantez-nous une de ces chansons qui nous font rire.

Et jamais Marcel ne se faisait prier.

Il montait à cheval, il chassait, il jouait du violon.

Voilà qu'un jour il vendit la vigne de son père.

Néanmoins, il était riche encore.

Les jeunes gens des environs se réunissaient chez lui. On festinait, on jouait surtout. Puis, il vendit la prairie.

Il acheta des chevaux à la foire de Niort.

Et quand il caracolait sur la chaussée, les rideaux aux fenêtres se soulevaient curieusement, et l'on voyait des ongles roses et des doigts blancs, et de grands yeux de jais et de petites bouches de pourpre.

Il vendit enfin la maison.

Il avait trente ans déjà, et on ne le trouvait plus aussi gai. Cependant, on l'accueillait encore.

Et cela fut ainsi jusqu'au jour où il emprunta de l'argent à ses amis.

Tout le monde, alors, lui tourna le dos.

Il déjeûnait chez l'un, dînait chez l'autre; et chacun lui dit :

— Marcel, prenez un état.

Il répondit : « Quel état voulez-vous que je prenne? Il est trop tard. »

Dès lors, quand il passait par les rues, on fermait les portes des maisons.

Ses vêtements se firent sales. Il les brossa. Son chapeau s'affaissa sur lui-même, et les talons de ses bottes prirent de fausses directions.

Son nez s'enflamma, ses yeux s'éraillèrent.

On le montrait au doigt dans la ville.

Les gens charitables lui donnaient du pain. Il vendait le pain et achetait de l'eau-de-vie.

Il couchait sur la paille, et l'hiver il avait froid.

— Un jour, ceux qui avaient été ses amis s'assemblèrent entre eux, et ils lui dirent :

— Marcel, vous ne pouvez rester dans le pays, la honte vous tuerait.

Ils lui mirent sur le dos un orgue de Barbarie, le prirent par les épaules et le poussèrent hors de la ville.

Alors il pleura comme un lâche : puis il s'arrêta sous la fenêtre d'une ferme, et, pour la première fois, il fit tourner la manivelle.

On lui jeta un sou, et des enfants vinrent qui dansèrent autour de lui.

Il poursuivit sa route en chancelant, et nul ne sait aujourd'hui ce qu'il est devenu.

Quand j'entends sous ma fenêtre le discordant prélude d'un morceau populaire, le cœur me bat, et je me penche pour regarder dans la rue.

En recomposant un visage avec les traits amaigris et défaits de quelque joueur d'orgue, peut-être un jour retrouverai-je le beau Marcel !

XIII

L'ÉLIXIR DE MON ONCLE.

Mon oncle Magloire était vraiment un excellent homme. Il avait pour moi de ces délicatesses de sentiment qu'on ne trouve que chez un père. Que de soins il avait pris, que de tracas il avait subis pour faire prospérer ma fortune ! C'était le plus droit et le plus désintéressé des tuteurs, mon oncle Magloire.

Je venais à peine d'atteindre ma majorité,

quand une attaque de goutte le prit, qui le conduisit au tombeau. Avant de mourir, il me rendit ses comptes de tutelle, tandis que je pleurais à chaudes larmes; puis, me pressant avec tendresse dans ses bras affaiblis :

— Tu es bien jeune, me dit-il, mon ami, pour commencer, sans soutien et sans conseil, le rude apprentissage de la vie. Tu es fou, prodigue, emporté, enclin à suivre tes mauvais penchants. Ton bon cœur même te sera nuisible. Il se trouvera des méchants pour tirer parti de tes mauvais instincts, et des hypocrites pour exploiter tes bons sentiments.

Ta fortune, je le crains, sera bientôt dissipée. Eh bien! je veux te faire un dernier cadeau, et dans le malheur tu trouveras encore ton bonhomme d'oncle pour t'aider.

Ce disant, mon oncle Magloire prit sous son traversin un petit flacon qu'il y avait caché :

— Prends cette fiole, ajouta-t-il. Si quelque soir tu te trouves sans amis, sans argent, sans espoir, bois-en le contenu et rappelle-toi les appréhensions de ton vieil ami. Il a fallu toute ma vie pour composer cet élixir.

Puis, mon oncle mourut.

Hélas! le bon vieillard ne s'était pas trompé. Je vécus d'abord avec une simplicité qui ne devait pas durer. Je me laissai entraîner bientôt dans le tourbillon des plaisirs. La profusion et le désordre entrèrent chez moi, et après cinq ans d'une vie de dissipation, je me trouvai complètement ruiné

Toutes mes terres étaient hypothéquées.

Mes fournisseurs me refusèrent un crédit bienfaisant. — O honte! je ne pus obtenir un habit de mon tailleur! — Mes domestiques se retirèrent en m'accusant de leur voler des gages légitimement acquis, — et ils achetèrent des maisons de campagne.

On vendit mon hôtel et mes chevaux. Et mes amis d'autrefois, ceux là même qui avaient contribué à ma ruine, — me tournèrent le dos.

Dans mon existence folle et agitée, j'avais complétement oublié l'élixir de mon oncle. Je retrouvai la fiole dans un coffret en m'installant dans une pauvre chambre au fond d'une cour noire, humide et malsaine.

Je jetai les yeux sur le portrait de mon tuteur, que j'avais accroché au pied de mon misérable lit.

Il me sembla qu'il fronçait les sourcils et qu'il me regardait d'un œil sévère, comme pour me reprocher de n'avoir pas suivi ses recommandations. — Pardonne-moi, m'écriai-je, image chérie! pardonne-moi mon oubli coupable!

Et j'ajoutai, en pleurant comme un enfant : — O mon oncle, vous me l'aviez bien dit!

C'était le soir. J'avalai le contenu du flacon et je ne tardai pas à m'endormir d'un profond sommeil.

Quel ne fut pas mon étonnement, quand je me réveillai, de me trouver dans une chambre élégamment ornée ; l'ameublement était riche et du meilleur goût ; autour de moi tout respirait l'opulence, et j'aperçus dans un cadre magnifique la bonne tête de mon oncle qui me souriait.

Je trouvai sous ma main le cordon d'une sonnette, et je l'agitai à tout hasard.

La porte s'ouvrit, et je vis entrer Laurent, mon fidèle Laurent, qui, de tous mes domestiques, avait été le dernier à m'abandonner.

— Monsieur désire-t-il déjeûner dans sa chambre, me dit Laurent, ou dois-je faire atteler?

— Fais atteler, Laurent, répondis-je, croyant faire un rêve.

— Puis-je faire entrer les personnes qui attendent le réveil de Monsieur?

— Fais entrer, Laurent, fais entrer.

Ce fut d'abord un tailleur qui venait m'essayer des costumes du dernier genre. Comme j'avais aperçu de l'or dans mon secrétaire, je crus devoir le solder sur l'heure. Mais il parut vivement blessé, et s'empressa de sortir de peur que je ne voulusse le payer.

Puis, un joaillier vint me présenter des bijoux et des échantillons de vaisselle.

Je choisis un service en vermeil, je gardai quelques bijoux, et le joaillier sortit après m'avoir salué respectueusement.

On introduisit enfin le premier commis d'une maison de banque, qui m'annonça que ma dernière spéculation sur les chemins de fer avait complètement réussi, et que son patron tenait à ma disposition une somme de deux cent mille francs.

J'allai déjeûner au café de Paris, où je fus

fêté par plusieurs de mes anciens amis, et par des amis nouveaux que je ne connaissais pas.

Sur le boulevart, je ne rencontrai que sourires affables autour de moi.

Il me prit fantaisie d'aller voir Berthe, que j'aimais toujours. Dès qu'elle m'aperçut, elle me sauta au cou et me prodigua des marques d'une tendresse si vive, que j'en fus vraiment touché.

Je rentrai à l'hôtel, le paradis dans le cœur.

Un journal m'étant tombé sous la main, j'y jetai machinalement les yeux. Il était daté du 15 septembre.

— Voilà qui est prodigieux, m'écriai-je. C'est pourtant bien le 15 mai que je me suis couché. Est-il possible que j'aie dormi six mois?

Je m'informai dans la maison, et tout le monde me répondit :

— C'est le 15 septembre.

Je revins alors me placer, les bras croisés, en face de mon oncle, pour lui demander l'explication de ce mystère.

La peinture sembla s'animer, et une voix que je reconnus pour celle de mon tuteur murmura à mon oreille :

— Cet élixir, c'est le travail, qui fait paraître le temps court. Oui, tu as vécu six mois depuis le soir où tu t'es rappelé mon flacon, et maintenant que tu es dans l'opulence, tu as oublié les peines et les fatigues qui te l'ont value. Ta fortune, tu l'as acquise ; tu as payé tes dettes. Je suis content de toi. »

Et mon oncle se frotta les mains d'un petit air guilleret.

Je montai dans une chaise et je lui prodiguai des embrassements qu'il me rendit avec effusion. Depuis ce jour mon oncle ne m'a plus parlé.

XIV

GASPARD LE BOSSU.

Un soir, il arriva dans la ville de La Rochelle un petit bossu qui se mit à jouer du violon dans les rues.

Sa tête anguleuse et maladive était rivée à son épaule gauche, et sa poitrine semblait étouffée sous le poids qui l'oppressait. Cette bizarre créature se transportait magistralement sur deux jambes grêles et torses, et chacun la regardait avec curiosité.

Le petit bossu s'était installé, sous le nom de Gaspard, dans le grenier d'une pauvre maison, — et toute la ville bientôt le connut.

Il se levait avec le soleil et s'en allait, — son violon sous le bras, — jusqu'à ce qu'il vît s'ouvrir les volets des maisons matinales. Il s'asseyait alors sur quelque borne, et, après avoir assujetti son instrument, il laissait courir à son gré l'archet sur les cordes sonores.

C'étaient d'abord de lentes mélodies, des accords lourds et graves; — puis, Gaspard s'animait; ses petits yeux étincelaient affreusement, — et le violon faisait entendre des accents brisés et désolatifs.

Le public riait et battait des mains.

— Bravo, Gaspard! lui disait-on.

Et le petit bossu essuyait son front tout couvert de sueur.

Un jour que je m'étais arrêté à l'écouter, il me sembla qu'un voile se levait pour moi, et, dans ce chaos de notes qui se heurtaient et qui gémissaient horriblement, je crus comprendre toute une histoire. Il y avait là des grincements de dents, des cris de douleur et des aspirations désespérées.

J'étais comme doué de ce sixième sens

dont parle Hoffmann, et qui nous permet d'embrasser le côté fantastique des choses.

C'était bien un violon qui résonnait, et moi—j'entendais une voix qui se lamentait!

De ce moment, je m'intéressai singulièrement au petit bossu, et je remarquai que chaque matin il allait se poster en face d'une blanche et riche maison voisine du taudis où il demeurait.

Je vis aussi s'ouvrir une fenêtre, et à la fenêtre une jeune fille parut, si belle et si suave, — que je retins mon souffle de peur que cette apparition divine ne s'envolât.

Elle fit un petit signe de tête au pauvre Gaspard, et avec un sourire elle lui jeta une pièce blanche, qui vint rouler à ses pieds.

Tous les matins, je suivis indiscrètement Gaspard. Il jouait, — et je voyais comme lui. Je lui volais la moitié de son bonheur.

Mais il arriva qu'un jour la fenêtre ne s'ouvrit pas.

C'était l'hiver, et la terre avait mis ses voiles de neige comme pour une cérémonie.

Et le lendemain la fenêtre ne s'ouvrit pas encore. Seulement la porte de la maison était tendue de noir, et l'on voyait des cierges allumés derrière les draperies.

Puis, le convoi funèbre se mit lentement en marche. — Le petit bossu l'accompagna jusqu'au cimetière, et, au retour, il brisa son violon et en jeta les morceaux dans un fossé.

Plusieurs jours s'étant passés sans que je le revisse, je me décidai à aller demander de ses nouvelles.

— Il est mort cette nuit, me répondit une mégère qui le logeait. Figurez-vous, monsieur, qu'il a refusé toute espèce de nourriture, et qu'après sa mort on a trouvé dans son lit une bourse remplie de pièces blanches. Il nous avait dit que cet argent-là n'était pas fait pour le boulanger, et il s'est laissé mourir de faim plutôt que d'y toucher.

C'est l'avarice qui l'a tué.

Un bon débarras !

XV

LES MARAIS DE SANGSUES,

SOUVENIRS DU MÉDOC.

..... Entre l'Atlantique et la Gironde vaseuse qui porte à la mer toutes les neiges des Pyrénées, il est une riche contrée où le terrain, puissant et pierreux, pousse une chevelure tourmentée d'arbustes nerveusement crispés.

C'est le Médoc avec ses vignes monotones et ses landelles sablonneuses où verdissent les bruyères et l'absinthe dentelée.

Le Médoc a huit mois d'été, pendant lesquels les papillons à milliers flottent en zigzagant sous le ciel d'indigo; mais si l'hiver est court, il y est terrible comme un ouragan.

L'Océan soulevé se laisse tomber de toute sa hauteur sur les dunes glacées où les galets concassés roulent comme le tonnerre.

Le vent arrache les arbres et enlève les toitures, qu'il roule au loin dans les campagnes nues; et si l'on ne voyait, au milieu de cette désolation, s'élever la fumée de quelque toit neigeux, on croirait que la terre est morte.

..... Un matin de décembre, je partis à cheval de Margaux pour me rendre à Blanquefort, où s'arrêtait alors la diligence communale.

La campagne, — à qui les nuages resserrés faisaient une voûte de plomb, — était couverte d'une épaisse couche de neige où quelque rameau brisé passait de loin en loin ses doigts noirs et tordus.

Le silence remplissait l'atmosphère. On entendait les pierres geler dans les champs.

Enveloppé d'un manteau fourré, je me mis en route, — un cigare aux dents, une gourde à ma droite, — et les fers de mon cheval éraillaient la croûte glacée qui recouvrait le chemin.

Aux environs de Peybois, il est de vastes marais où certains propriétaires entretiennent des milliers de sangsues, qui, — croissant et multipliant dans ces eaux qui leur sont favorables, — sont devenues depuis peu l'une des richesses du pays.

S'il est, à vingt lieues à la ronde, quelque rosse hors d'âge, pitoyablement maigre et pelée, ces industriels l'achètent à vil prix et la conduisent au marais, où le malheureux animal végète des mois entiers dans l'eau jusqu'au poitrail, en proie aux sangsues,

— qui se pendent à ses chairs, — et broutant l'herbe épaisse tout autour des haies de clôture.

Ce matin-là, une épaisse écorce recouvrait les eaux, et j'aperçus dans la palus, — à deux pas de la route, — un cheval pris dans la glace et dont les naseaux saignaient quelques gouttes d'un sang noir.

Il me sembla même voir de grosses larmes rouler dans ses yeux...

Le cheval que je montais tourna vers le marais sa tête intelligente...

Pauvre bête! c'est là peut-être que, lui aussi, il a fini sa trop longue carrière. C'est le premier cheval qui m'ait été donné!

Et ce fut une grande joie le jour où, — au commencement des vacances, — mon père m'amena triomphalement un grand animal au long cou, — monté sur quatre longues jambes et qui me parut si révoltamment maigre que je le baptisai *Carême.*

Il semblait me demander grâce pour l'autre cheval, et je me saisis d'une branche morte dont je me servis pour briser la glace tout autour du malheureux animal.

J'allais réussir à le dégager quand un garde champêtre survînt, qui m'ordonna de m'éloigner.

L'été n'a point de feux, l'hiver n'a point de glace

pour les gardes champêtres !...

Cependant, je continuai mon œuvre philanthropique ; et, comme l'autorité s'apprêtait à verbaliser, je frappai beaucoup sur la glace, un peu sur l'autorité, — et j'emmenai hors du palus le cheval qui ne tarda pas à s'affaisser sur lui-même. — C'est cinquante francs que me coûta ma philanthropie.

Je remontai sur *Carême,* qui m'emporta au petit trot, — non sans avoir jeté un regard de mépris sur le garde champêtre...

J'ai retrouvé hier cette histoire dans un

coin de ma mémoire, et je la raconte aujourd'hui, parce que j'ai l'amour de tous les animaux, — excepté l'homme, qui est le mauvais génie des autres habitants de la terre.

La nature, cette éternelle ennemie dont il faut combattre à toujours les rigueurs et l'avarice, est moins cruelle que l'homme aux populations de la terre et des airs.

Et, pourtant, si l'homme avait un peu de son âme de moins, et les autres animaux un peu de leur instinct de plus, je ne sais trop ce que deviendrait ce roi de la nature...

XVI

DOLÉANCE.

Οἰμοῦ ὅτι κακῶς πάσχω!

Je hais les choses. Les choses sont stupides et je suis né maladroit.

Cette nuit — en rêvant — je me suis meurtri le poing contre la muraille. Quand j'ai voulu me lever, j'ai renversé ma lampe qui s'est brisée; l'huile s'est répandue sur mes pantoufles, et je suis allé me cogner la tête contre l'angle de la cheminée.

Les choses sont entêtées. — Comme j'étais d'humeur mauvaise, j'ai refermé un peu fort le tiroir de ma commode, — ce qui lui a déplu. Elle a saisi avec sa grande bouche de bois le pan de ma robe de chambre et s'est obstinée à ne pas le lâcher. Irritée contre moi, la serrure s'en est mêlée, — et il a fallu la faire sauter. — Les serrures ne se rendent pas.

Quand je vais à la campagne, je m'ennuie; il y a trop d'arbres...

Et quand je reste à la ville, la jalousie me rend le cœur tout lépreux.

Je hais les êtres.

Ils sont malfaisants.

L'amour ne m'a donné que des baisers de Judas.

Des amis, — j'en ai eu. Ils m'ont emprunté — qui mes faux cols, qui mon pantalon, qui mon paletot; — et après avoir puisé dans ma bourse, ils m'ont traité de crétin.

J'aimais beaucoup Maria. Sa figure pleine et bête a quelque chose d'ignoble qui m'a toujours plu. Je l'ai rencontrée hier en coupé; elle m'a jeté un sou.

Aimer, haïr, tout est là.

Et, comme l'écureuil dans sa cage, quand nous avons parcouru notre sphère, c'est à recommencer à jamais.

Qu'on offre un brevet d'invention à qui découvrira une passion de plus!

Quant à moi, je ne veux pas mourir, impuissant et lâche, martyr de la grammaire sur le Golgotha de la routine!

XVII

CASSIUS ET ALDA.

L'originalité nécessite la faiblesse ou la supériorité du jugement, dit mon dictionnaire, qui a soin d'ajouter qu'on doit se défier d'une certaine originalité factice qui est la ruse d'une sotte vanité et l'esprit de bien des gens qui n'en ont pas.

Cassius était-il ou n'était-il pas original? je ne veux pas le savoir. Il est parti ces jours derniers pour l'Amérique, et j'ai voulu seulement consacrer quelques lignes à cette existence bizarre du Diogène de la gaîté.

Cassius était allé se loger dans un ancien couvent derrière les Feuillantines. Il avait fait de la chapelle son cabinet de toilette et couchait dans la sacristie. Il avait eu soin de suspendre au plafond, au moyen de plusieurs ficelles, chacun de ses vêtements et chacun de ses livres qui, grâce à cette précaution, échappaient aux rats affamés qu'on voyait courir par troupes dans ses *appartements.*

A ses moments de tristesse, Cassius passait des heures entières devant la boutique d'un pâtissier afin d'exciter par ses bâillements les bâillements de la demoiselle de comptoir.

Parfois il partait de grand matin, vêtu d'une blouse et couvert d'une casquette. Il se procurait la médaille de rigueur et achetait une ample provison de choux. Puis, il se rendait au marché et quand les marchandes disaient :

— A cinq sous les choux !

Cassius criait d'une voix imposante :

— A deux sous les choux !

Les colères s'amassaient lentement et faisaient tout à coup explosion.

C'était, d'abord, des cris et des injures que Cassius attisait de son mieux. Bientôt on en venait aux mains, les coups pleuvaient de toutes parts ; et quand il avait contribué à quelque grotesque mêlée de ce genre, Cassius n'avait pas perdu sa journée.

On connaissait alors dans le quartier Latin, une marchande à la toilette qui s'appelait Mme Alda. Cette Mme Alda avait, autrefois, couru les rues avec des hardes sous le bras, et ramassant la fortune guenille à guenille.

On l'appelait alors simplement la mère Alda. Mais quand elle eut pris boutique et qu'elle entreprit les affaires en gros, elle exigea qu'on l'appelât *madame*.

Cassius seul n'avait pu se soumettre à la règle générale, et cependant, pour ne pas blesser trop cruellement une femme qu'il avait besoin de ménager, il ne l'appelait que *l'ex-mère Alda*.

La mère Alda lui avait fourni pour six

cents francs de costumes environ, et Cassius ne lui avait jamais donné que cinq centimes, afin, disait-il, que si elle parlait de cette fourniture elle ne pût pas dire qu'elle n'en avait pas touché le premier sou.

Tous les matins, à huit heures précises, Mme Alda venait réveiller son débiteur :

— Eh bien ! monsieur Cassius, quand me paierez-vous ?

— Mère Alda, si je vous payais, viendriez-vous me réveiller tous les matins ?

— Non, vraiment !

— Et il me faudrait donner six francs par mois à un commissionnaire qui ne serait jamais exact ? Merci ! Vous vous condamnez vous-même !

Et c'était tous les matins une scène nouvelle.

— Enfin, monsieur Cassius, lui dit un jour la mère Alda, vous ne voulez donc rien faire pour moi ?

A ces mots, Cassius bondit hors de son lit et s'écria d'un ton reproche :

— Je ne veux rien faire pour vous, mère Alda? Attendez!

Il ouvrit un vieux bahut et en tira un manuscrit soigneusement roulé qu'il déploya lentement.

Et, comme la mère Alda attendait avec anxiété le résultat de ce beau mouvement, il se mit à lire à haute voix :

ÉPONINE, tragédie en cinq actes, par M. Cassius (de la Martinique).

Personnages :

Vespasien, empereur romain.

Sabinus, seigneur gaulois.

Julius, confident de Sabinus.

Éponine, épouse de Sabinus.

Et, avec un grand éclat de voix :

ALDA! confidente d'Éponine.

Voilà ce que j'ai fait pour vous, madame. Je lèguerai votre nom à la postérité.

Écoutez !

Et Cassius se mit à déclamer avec des gestes imposants et une voix de basse-taille...

Toutes les fois que la mère Alda faisait un mouvement pour se lever, Cassius la forçait à rester assise.

Peu à peu la victime s'endormit.

Cassius s'esquiva alors à pas de loup et ne revint au couvent que quinze jours après.

La mère Alda n'y était plus, et Cassius trouva les rats fort engraissés.

XVIII

CONTRE LA VACCINE.

Le ciel, dans sa sagesse, avait un jour rapproché la fièvre et la rougeole, et de cet accouplement hideux, la petite vérole fut le fruit.

Dès-lors, cette honorable épidémie se mit à sévir grandement sur l'espèce humaine, qui n'en comprit pas, d'abord, tous les avantages, et se désola sottement.

Que diriez-vous d'un homme qui, ayant une horrible barbe, veule, sale et d'une couleur douloureuse, se désolerait de la voir tomber, et ne serait satisfait qu'après avoir trouvé une pommade qui lui en assurât la conservation?

La petite vérole enlevait chaque année le rebut de l'humanité — Toutes ces tristes créatures, chez qui le foie ou les poumons sont en souffrance, et ces enfants scrofuleux et mal-venus qui engendrent une malingre population de béquillards et d'hypocondriaques! C'était là une chose bienfaisante.

La vaccine a donc cela de commun avec les Compagnies d'assurances, qu'elle est inutile au plus grand nombre, et avantageuse à quelques-uns seulement.

La petite vérole, au contraire, assurait à la majorité saine et vigoureuse une perfection de formes et un heureux développement, qui sont devenus impossibles aujourd'hui.

Voyez cette triste génération, chétive et rabougrie! ces nabots qui tiennent la place d'un homme au banquet de la vie!

Voyez et pleurez!

Que sont-ils devenus, ces fiers Gaulois, dont la haute stature effrayait les Romains?

Pour être soldat, il suffit qu'un homme ait la taille d'un enfant.

Chaque jour, nous voyons la créature plus chétive et plus laide.

La droguerie hausse ses prix. La santé s'en va.

Et bientôt, il en sera de la terrestre population comme de ces fruits qu'on peut voir entassés dans un bocal d'eau-de-vie.

Les hommes ne seront plus hommes que par la force de certains procédés.

La terre sera peuplée de conserves.

Ah! s'il en est temps encore, puisse une sage autorité sauver nos enfants de cet abâtardissement prémédité, et rendre à la race humaine toute sa pureté primitive!

Cessez de vacciner, — ou je cesse d'écrire!

XIX

LE CHEVALIER DE L'ARBRE-SEC.

Nos flendos ducimus horas.

Le chevalier de l'Arbre-Sec s'était dit un matin : — La société se meurt d'hébétement, et l'ennui moissonne dans les rues. L'odieuse gravité aura bientôt envahi tous les jardins fleuris de l'existence.

Il est des gens qu'on dirait en deuil de naissance, et si nous les laissions faire, ils étendraient un crêpe sur nos éclats de rire; ils arracheraient les rosiers pour planter des cyprès, et nous serions une génération de croque-morts.

Par le Cid, il n'en sera pas ainsi.

Mais que ferai-je bien pour m'égayer la route?

Faut-il mettre un nez de carton et parler avec une pratique aux dents?

Ou gambader par les rues en embrassant les citadins endimanchés?

Ce n'est pas le tout d'avoir de l'esprit, il faut encore connaître la manière de s'en servir.

A cette époque de glace où le ciel m'a fait naître, les hommes drôles sont les seuls utiles.

J'entends folâtrer à plaisir pendant les quarante années qu'il me reste à vivre.

C'est beaucoup pour l'hypocondrie, c'est peu pour la gaîté.

Si les passants me détroussent, je m'en tiendrai les côtes, et si ma maison s'écroule, j'en ferai des gorges chaudes.

Le chevalier de l'Arbre-Sec était, — comme on voit, — dans les plus heureuses dispositions. Mais il avait compté sans la fatalité goguenarde.

Il oubliait, — le malheureux, qu'il était né un vendredi et le 13 du mois de décembre : jour funeste, terrible date!

Et sa vie, en effet, ne fut qu'une longue succession de lamentables balourdises.

Un jour, — à la chasse, — il blessa son chien, — un magnifique lévrier.

Le lendemain, la marquise de B..... lui demandant :

— Comment va votre chien?

Il répondit machinalement :

— Très-bien, merci... et vous?

Cette saillie lui fit manquer un brillant mariage.

S'il se trouvait dans la maison d'un pendu, il ne manquait pas d'y parler de corde.

A table, il renversait les plats sur ses voisins.

C'était, en un mot, ce qu'on est convenu d'appeler *un outil.*

Dernièrement il lui fut intenté un procès d'où dépendait sa fortune entière.

Le chevalier cassa une glace en se réveillant :

— Voilà qui est de mauvais augure, murmura-t-il.

Et il sortit tout soucieux pour se rendre au Palais.

Il avait fait vingt pas à peine qu'il alla se jeter dans les jambes d'un garde du commerce qui le cherchait depuis quinze jours.

Ce dernier l'entraîna sans écouter ses cris.

Le soir même, le chevalier fut mis en liberté, mais trop tard. Il avait été condamné comme contumax.

Un de ses oncles avait manifesté l'intention d'en faire son universel héritier.

L'oncle, à son lit de mort, fit demander le chevalier qui le pressa si fort contre son cœur, que le bonhomme, étouffé, n'eût pas le temps de faire son testament.

Cependant la part était belle encore, et comme le chevalier courait annoncer ce revirement de fortune à ses amis, il fut écrasé par un omnibus qui allait au pas.

Priez pour lui !

XX

UN POÈTE D'IL Y A VINGT ANS.

La folie est souvent un sixième sens.
FRANÇOIS XAVIER.

Vers la fin de l'automne dernier, après avoir battu tous les fourrés du Bocage, je m'étais arrêté à La Rochelle, où la clémence de la saison retenait encore quelques étrangers.

D'ordinaire les Rochelais font visiter aux voyageurs, et non sans un certain orgueil, la tour de la Lanterne, sorte d'éteignoir dentelé, le Mail, la tour de Saint-Nicolas, qui servit de prétexte à cette lamentable complainte que vous savez, l'Hôtel-de-Ville où l'on montre la table que Guiton perça de son poignard, et enfin l'hospice de Lafont, qui est le Charenton de l'Ouest.

Je partis donc un matin pour Lafont, après m'être procuré un vieux huguenot de cabriolet que les vers avaient abandonné par instinct, comme les rats le vaisseau de Fortunio. Je fus introduit dans les jardins de l'hospice, l'un des plus beaux établissements de ce genre, au moment où les fous les plus *raisonnables*, selon l'expression du gardien, prenaient leur récréation.

Ce n'était pas seulement, comme vous le pensez bien, pour visiter les dortoirs et les buanderies de Lafont que je m'étais décidé à me mettre en route, c'était surtout pour y rencontrer un homme que vous n'avez peut-être pas oublié, un poëte de strass et qui a brillé quelques instants — M. Gustave Drouineau.

M. Gustave Drouineau est l'auteur de quelques romans funèbres, dont quelques-uns — le *Manuscrit Vert*, par exemple, obtinrent un certain succès d'occasion.

L'Odéon joua un *Rienzi*, *tribun de Rome*, de M. Drouineau, qui fit certainement plus de bruit à cette époque que la *Lucrèce* de M. Ponsard à son plus beau temps. Le Théâtre-Français donna peu de temps après, du même auteur, une *Françoise de Rimini*, que la révolution de Juillet eût bientôt enterrée.

M. Drouineau est, de plus, l'inventeur de je ne sais quelle religion bâtarde qu'il appelait, je crois, le *néo-christianisme*, et qui lui valut l'estime de l'abbé Châtel.

C'est cet homme qui avait été l'un des soldats de la grande lutte littéraire, et qui aurait pu être de l'Académie (française); c'est cet homme seul que j'étais allé voir.

Le gardien me désigna un personnage sombre et soucieux qui s'était assis à l'écart sur un banc de verdure.

Je vis un homme de cinquante à cinquante-cinq ans environ, de taille moyenne, grisonnant, l'œil doux et inquiet à la fois. Je l'abordai avec un salut des plus profonds, et me recommandant impudemment de Ligier, que je n'ai jamais vu qu'à la scène :

— Je n'ai pas voulu, lui dis-je, traverser La Rochelle sans vous rendre mes devoirs.

Drouineau m'avait écouté avec un certain étonnement.

— Ah! s'écria-t-il enfin, je suis bien aise de voir quelqu'un. Remerciez bien Ligier de ma part. C'est ici une maison d'aliénés. On ne me permet pas d'écrire, et je ne puis obtenir qu'on m'en dise la raison. Au reste, j'en suis enchanté.

— Et pourquoi en êtes-vous enchanté?

Drouineau me regarda d'un air soupçonneux.

— Je ne puis vous le dire, me répondit-il.

Puis, me regardant en face :

— Savez-vous bien à qui vous parlez, s'écria-t-il? J'ai été porté en triomphe sur le scène! J'ai commencé comme Voltaire a fini! A propos, donnez-moi donc des nouvelles de Picard? Que fait-il? Je n'entends plus parler de lui!

— Picard est mort en 1828.

— En êtes-vous bien sûr? j'en avais comme une idée lointaine. Et Joanny! et Mme Valmonzey? que sont-ils devenus?

— Je n'en sais, ma foi, trop rien.

— De qui parle-t-on enfin? de Delavigne? de Martainville? de Ducange? de Mars?

— On parle de Dumas, de George Sand, d'Alphonse Karr, de Rachel.

— Et d'où sort tout ce monde? Dumas... je crois l'avoir connu... je crois même l'avoir applaudi... mais les autres?

Ce fut une conversation assez curieuse que celle de cet homme endormi depuis vingt-deux ans, et qui croit que le monde n'a pas vécu depuis le jour où il a quitté Paris. Je le laissai me raconter ainsi différentes histoires qui me rappelaient les dialogues de Lucien; puis, reprenant une phrase qu'il avait laissé tomber :

— Mais, pourquoi êtes-vous enchanté qu'on ne vous permette pas d'écrire?

Il paraît que j'étais parvenu à gagner sa confiance, car Drouineau me répondit sans hésiter :

— Parce qu'il n'y a pas assez de mots. Ce

bourgeois–poëte qui mettait huit jours à faire un vers, et qui a eu tant de vrais poëtes tués sous lui, Boileau, puisqu'il faut l'appeler par son nom, a dit quelque part :

Ce que l'on conçoit bien s'énonce clairement,
Et les mots pour le dire arrivent aisément.

(Deux vers qui, selon moi, font admirablement).

Je conçois bien que deux et deux font quatre et je l'énonce avec clarté ; mais ce que je *sens*, mais ce que je *rêve* de lumineux ou d'obscur, comment le dirai-je avec les mots qui nous sont donnés?

Les mots ne répondent pas plus à la pensée du poëte que les femmes ne peuvent répondre à son amour.

En la femme, il aime quelque chose qui est au-dessus d'elle, comme il cherche dans les mots quelque chose qui n'est pas dans les mots.

Donnez-moi un levier, et je soulèverai la terre, a dit Archimède. Donnez des mots au poëte, et il créera des mondes !

Alors, peut-être, le romancier ne vous parlera-t-il plus d'un amour *ineffable*, d'une grâce *indicible*, d'une candeur *inexprimable*, d'un tableau *impossible à décrire*.

Écoutez Child-Harold.

— Si l'on pouvait, dit-il, jeter dans un seul mot son âme, ses passions, ses sentiments, et que ce mot fût la foudre, alors je parlerais peut-être ; mais je vis et je meurs incompris avec une pensée *muette*. .

Le mot de Shakspeare : *A world of sighs* (un monde de soupirs), n'est il pas encore le cri de l'écrivain empêché?

Il n'est pas de poëte qui n'ait déclaré son impuissance à exprimer son sentiment.

Horace :

Hunc talem nequeo monstrare et sentio tantum !

Dante exhalant la même plainte :

O quanto è corto 'l dire, e come fioco al mio concetto!

Il y a des personnages dans les Edda scandinaves et dans les contes orientaux qui comprennent le langage des animaux.

Dupont de Nemours prétendait avoir découvert l'alphabet des oiseaux.

Eh bien! je ne veux pas vous cacher que je comprends non-seulement le langage des animaux, mais encore cette apparence et ce craquement qui est comme le langage des choses.

Je sais ce que disent les chouettes et les hiboux dans les ruines et dans les clochers.

Je sais ce que disent les chiens la nuit quand ils hurlent, et le jour quand ils aboient, quand ils grognent et quand ils pleurent. Je comprends même les plaintes continuelles de la mer; c'est un élément qui s'ennuie. Je comprends le tonnerre, la grêle, le vent et le son des cloches.

Je sais parfaitement ce qu'ils disent... je le sais, et je ne puis le dire!... et je le sais bien pourtant!

Une nuit, la rafale sifflait en moi... Les vagues rouges de la fièvre déferlaient en mon cerveau... La veilleuse, dans sa tour de porcelaine, tamisait un jour douteux dans la chambre silencieuse.

A côté de mon lit, sur une table, il y avait une quantité innombrable de fioles de toutes dimensions qui portaient chacune un nom écrit sur le ventre : — Laudanum. — Sirop de gomme. — Huile camphrée. — Pommade iodurée. — Ether... etc.

Eh bien! toutes cas drogues causaient entre elles. Elles s'entretenaient de l'état de ma santé. Chacune prenait la parole à son tour; et de temps à autre, elles psalmodiaient en chœur...

Le lendemain, il m'a été impossible de raconter au médecin ce qu'elles s'étaient dit pendant la nuit, de façon qu'il n'a pas pu me guérir. Eh bien ! c'est partout comme cela ; je comprends tout et je ne puis rien exprimer.

Oh ! plutôt que parler, ne vaudrait-il pas mieux rugir comme le lion ou braire comme l'âne? Tout est là, au moins ! — Un cri, mais un cri qui dit tout ! —

La cloche de l'établissement se fit entendre, et Gustave Drouineau s'élança vers sa cellule.

C'était l'heure de la visite.

XXI

APPROCHE, MAROUFLE.

Hier, le vicomte a fait choixd'un valet de chambre. Saint-Jean avait lassé sa patience.

Le vicomte était étendu sur un divan et s'abandonnait à un voluptueux nonchaloir, quand on lui présenta Germain.

— Approche, maroufle, dit le vicomte, et fais un tour, que l'on voie ton allure. Le drôle est bien bâti, ma foi! et d'une tournure à me faire honneur. Tu es à mon service, entends-tu? Je ne fixe pas tes gages, tu les prendras.

Le vicomte jeta un cigare à moitié brûlé qu'il tenait, et avançant la main, il prit dans une coupe un cazadorès parfumé.

— Écoute bien mes recommandations; car si tu venais à les oublier, je te couperais les deux oreilles.

Prends garde à ne jamais venir, sous aucun prétexte, me réveiller avant midi.

Si je laisse traîner quelques louis sur les meubles, que je ne les y voie jamais deux fois.

Ne me demande jamais si une chose me

convient. Prends sur toi de la faire ou ne la projette pas.

Si deux dames viennent me rendre visite, n'en laisse pénétrer qu'une à la fois.

Si tu reçois une lettre encadrée d'un filet noir, jette-là au feu.

Que je songe, que je marche ou que je m'ennuie, ne m'interroge jamais.

Quand je fume — assis ou couché — si une affaire indispensable t'amène dans mon appartement, passe toujours à trois pas de moi et fais le moins de bruit possible.

Soit toujours respectueux avec mon oncle et toujours grossier avec mes cousins.

Tâche de te griser régulièrement, afin de me donner de souventes occasions de te bastonner.

Si je te casse quelques membres, je ferai une pension à ton vieux père.

Et maintenant, drôle, à l'antichambre!

XXII

TOUT CHEMIN MÈNE A ROME.

1

Elles etaient deux sœurs.

L'une s'appelait Louise; l'autre s'appelait Cécile.

Elles n'avaient jamais connu leur père. C'était des enfants du hasard.

Quand leur mère mourut, elles avaient trente ans à elles deux.

Louise avait été pétrie de lait et de sang de taureau. Blanche, belle, puissante, elle aimait la fatigue et le vin. Elle avait les cheveux de quatre femmes, les yeux d'une bacchante, le sein d'une vierge.

Cécile était frêle et timide. Sa robe lui montait jusqu'au cou. Elle avait l'air d'une fleur de pommier au matin d'une nuit de gelée.

Un jour, la diligence les jeta toutes deux sur le pavé de Paris.

II

Le premier jour, Cécile trouva de l'ouvrage chez un passementier de la rue Saint-Denis.

Louise courut tous les magasins et ne trouva d'ouvrage nulle part.

Les deux sœurs habitaient une mansarde à l'extrémité du faubourg du Temple. — Une mansarde galeuse, avec deux chaises moisies et quatre murs nus, pelés, humides.

Elles couchaient toutes deux sur une paillasse boudeuse qui grelottait dans un coin.

Si longue que Dieu faisait la journée, Cécile travaillait de ses mains; et, quand la nuit pesait sur les rues, les yeux brûlants, les bras engourdis, la poitrine oppressée, elle se cachait, cuvant sa fatigue, et se demandant si c'était là la vie.

Louise chantait des romances.

III

Un soir, Louise sortit et ne rentra pas.

Cécile l'attendit toute la nuit, et toute la journée du lendemain et la nuit encore.

Puis elle reçut une lettre et deux louis.

Elle pleura sur la lettre et jeta les deux louis dans le ruisseau.

Les mois succédèrent aux mois.

La mansarde s'égaya peu à peu.

Quelque temps après, Louise vint voir sa sœur, et Cécile lui montra avec orgueil un un lit en fer et une table, un pot de fleurs, un miroir et deux moineaux.

— Tu couches là, lui dit Louise?

Cécile monte dans la voiture de sa sœur,

et Louise à son tour, lui montra un appartement qui était fort beau et un monsieur qui était fort laid — des tapis et des cristaux, du palissandre et du bois de rose, des glaces où l'on se voyait tout entière, des édredons où l'on disparaissait comme une fée dans un nuage.

Cécile fut éblouie, mais elle ne revint plus dans la maison de sa sœur.

IV

Quatre ans après, Cécile rencontra un soir sur le boulevart une femme peinte et chargée de musc.

Elle reconnut cette femme, son cœur se gonfla et elle pressa le pas.

Une autre fois, elle la reconnut encore buvant avec une hideuse troupe dans l'arrière-boutique d'un marchand de vins.

V

L'hiver fut rude cette année-là. Il fallut redoubler de travail, et la santé s'en était allée avec le soleil.

Cécile tomba malade. Les meubles furent vendus un à un.

Puis, comme on a fait l'hopital pour les pauvres, on la porta à l'hopital.

Dans un lit, à côté de celui de Cécile, une femme était couchée, vieille déjà, ridée, usée.

Cette femme criait et montrait le poing au ciel.

Cécile reconnut encore sa sœur.

Et toutes deux moururent le même jour

O les proverbes!

XXIII

TESTAMENT D'UN INCONNU.

I

La résolution en est prise, c'est cette nuit que je vais me tuer. Je suis né triste, irascible, excentrique. En me quittant, nul n'a dit : à demain! J'aurai traversé la vie comme un désastre, seul, désolé, maudit.

Il m'avait semblé, dans mon orgueil, que Dieu m'avait jeté dans ce monde pour y chanter la force et la santé, l'ascencion du cœur et l'indépendance des passions. Mais les feuilles tombent et les préjugés restent. La force d'un seul est abattue par la faiblesse de tous.

II

On ne veut pas d'une philosophie nouvelle.

Les chaînes se sont imprimées au poignet de l'homme. Il lui serait douloureux de les en arracher. Et repoussé, moqué, hué, je vais mourir dans un coin, comme un lépreux.

On dira demain : Le fardeau était trop lourd pour lui... C'était un impuissant !

Et ceux-là même que j'ai souffletés de ma main robuste japperont leurs moqueries sur le cadavre que je leur aurai laissé.

III

J'avais fait un livre où se trouvaient toutes mes désolations et toutes mes espérances.

J'avais inventé un monde où il n'y avait ni marchands, ni soudards, ni notaires, ni vieillards. Il n'y avait que des hommes et des femmes, et quand l'homme sentait venir la maladie de l'âge, il se tuait.

La vie est d'une monotonie désespérante.

Pourquoi n'arrive-t-il rien d'impossible ?

J'ai longtemps attendu l'imprévu — un homme habillé de noir qui m'indiquerait une porte ; — ou une grande lettre carrée, scellée de trois cachets, venant de l'autre monde, et qui m'ouvrirait un horizon. Mais je vois bien qu'il faut creuser péniblement son sillon et se faire sa route dans le rocher.

V

Peut-être suis-je fou? La philosophie m'aura gangrené le cœur. Ma vie aura été une pantalonnade dont la mort sera le dénouement.

Emma, Laure, soyez maudites!

Soyez maudites, Berthe, Cécile!

Je ne saurais me plier aux exigences sociales et la société ne veut pas se plier à mes exigences personnelles. Elle aurait raison, si elle était parfaite, mais comme elle n'est pas parfaite, elle a tort.

J'ai eu longtemps le projet d'aller en Afrique ou en Australie, d'y rassembler les anthropophages et de les amener en Europe afin de leur faire manger les blancs; mais on m'a démontré que ces peuples primitifs commenceraient par me manger moi-même et qu'après ma mort, ils resteraient probablement chez eux — comme devant. C'est ce qui m'en a détourné.

VI

Il est pourtant des bois épais où l'on rêve appuyé sur le tronc des vieux chênes... Il est de vieux tilleuls, des fontaines limpides, des fleurs, des oiseaux, des baisers... Je connais sous le ciel une verte solitude, embaumée, bénie, où les gerbes de fleurs s'élèvent en dômes frissonnants...

Là, peut-être, j'aurais pu vivre heureux, mais je ne veux pas être heureux seul.

Mieux vaut mourir !

Et je meurs sans regrets; je meurs dans la plénitude de ma jeunesse et de ma haine. L'éternité me fascine. J'ai le vertige de la tombe.

Oh ! je le sens au fond du cœur, en voyant ces planètes brillantes suspendues dans l'espace, et c'est là que j'irai, parcourant, dans un sublime essor, tous les mondes, l'un après l'autre, sous une forme de plus en plus subtile — car Dieu tend à s'assimiler tout ce qui gravite dans son sein, et après ces milliers d'épreuves, après ces milliers d'années, moi aussi, je serai Dieu !...

XXIV

ESQUISSE NOCTURNE.

Paris a, — comme Argus, — cinquante yeux toujours ouverts.

La nuit n'y reste point les bras croisés; elle a ses travaux et ses rumeurs, ses promeneurs et ses ouvriers — comme le jour.

Quand la prostitution s'est retirée devant la ronde de onze heures, quand la population travailleuse a regagné ses mansardes, et que le silence s'est fait dans les profondeurs des faubourgs; quand les passants pressent le pas au sortir des théâtres et que les boutiques des charcutiers et des marchands de vins, chez qui trébuche encore un dernier ivrogne, sont restées seules ouvertes aux chalands anuités, un homme passe — inexorable comme l'heure ou comme la mort.

Il frappe deux barres de fer l'une contre l'autre, puis, laissant partout les ténèbres derrière lui, il continue sa route, froid et silencieux.

Cet homme, c'est l'éteigneur du gaz.

Il a sur la tête une casquette graisseuse qui a oublié le soleil.

Il a de petits yeux gris qui s'abritent sous des sourcils incultes, le nez en combustion, la barbe veule, sale et moutonnée, la lèvre épaisse et pendante.

Il est voûté comme un vieillard.

Il a les mains larges comme la poitrine et les articulations démesurées.

Il est l'ami de l'ordre parce que l'émeute brise les réverbères.

Si l'ordre n'avait pas le respect des réverbères, il serait l'ami de l'émeute.

Il va seul et sans crainte, fort de son droit et ne se connaissant pas d'ennemis.

Si vous en voyez vingt dans une soirée, il vous semblera que c'est toujours le même.

Quand l'éteigneur du gaz rencontre un chiffonnier, il détourne la tête pour ne pas voir sa lanterne, — et il disparaît dans le lointain sans qu'on sache jamais d'où il vient ni où il va.

Il passe, — et c'est tout...

Les dernières boutiques se ferment, les lumières s'éteignent une à une derrière les carreaux, et c'est à peine si le talon de quelque promeneur attardé fait retentir le pavé sonore...

C'est alors que, — après quelque souper joyeux, — l'homme qui rentre en toute hâte au logis où l'attend un lit désert, entend derrière lui des sanglots déchirants.

Il se retourne et voit une fille qui pleure, la tête cachée entre ses mains.

Sa mise est simple, elle a l'air naïf et confiant, et elle raconte que son père — pris de vin ce soir-là — l'a battue et chassée de la maison.

La nuit est longue, où ira-t-elle?

Et si, — pris d'une bonne ou d'une mauvaise pensée, — le passant a offert un asile à ce crocodile de Paris, il est tout surpris, — quand au matin, la fille s'est enfuie en toute hâte, — de ne plus trouver sa montre sur la cheminée, ni son porte-monnaie dans la poche de son paletot....

XXV

PARIS LITTÉRAIRE EN 1854.

Nous ne savons si — comme le phénix — la littérature doit renaître de ses cendres, mais nous assistons en ce moment à une douloureuse et pitoyable agonie. C'est en vain que le feuilleton charge d'épices son éternel macaroni; c'est en vain que la poésie, oiseau plumé, triste et piteux, cherche quelque note sublime dans son gosier éraillé. La librairie vit de quelques maigres reproductions; — je devrais plutôt dire qu'elle en meurt. Soit que l'industrie ait porté ailleurs ses à-tout, soit que les successeurs de Dau riat et de Ladvocat aient perdu le secret de leurs vastes et presque toujours heureuses spéculations, les libraires ne sont plus que des marchands de papier qui donnent par-dessus le marché la prose de M. Paul ou les élégies de M. Henri.

Ç'a été l'un des moindres défauts de la *fantaisie*, qu'elle a servi de prétextes aux inepties et aux gongorismes des gens les plus illettrés. Que le dernier des philistins vienne à publier demain je ne sais quel odieux roman, en dehors de toute littérature, et qui choque à la fois la grammaire et le sens commun; si la critique trouve l'ouvrage stupide :

— Fantaisie! répondra l'auteur.

— Mais vous êtes un hiatus continuel et vos vers varient de treize à dix-sept pieds...

— Fantaisie!

— C'est plat, c'est idiot, ce n'est écrit en aucune langue!

— Fantaisie, vous dis-je.

Je suis assez de cet avis qu'il est des sottises respectables, mais j'ai toujours pensé que se faire l'ennemi des faquins et des médiocrités insolentes, c'est bien mériter des gens de cœur et de talent.

Eh bien! le *petit journal* (s'il existe encore) ne pense certainement pas comme moi.

Il a jugé, au contraire, qu'à l'époque où nous vivons, il est prudent de ne pas se faire d'ennemis, et qu'après tout un sot est un ennemi souvent dangereux.

Le journalisme ne vit que par l'attaque. Si c'est le même écrivain qui expose le pour et le contre, je demande quel est l'intérêt qui pourra ressortir d'une conclusion nécessairement *amenée* et conséquemment prévue.

Que deux écrivains, au contraire, descendent dans l'arène; et là — avec des estocades de plume, vifs et prompts à la ripostes, ardents, pleins de leur cause et de leur valeur, qu'ils se prennent corps à corps sans autre juge que le public — le journal a lieu.

Mais les journaux aujourd'hui ont tellement peur de se faire mutuellement une *réclame,* qu'ils préfèrent s'en tenir à un éternel monologue et fendre le vide de leurs sabres de bois.

Bons ou mauvais, les livres ne sont plus discutés, de sorte qu'on ne lit pas plus les uns que les autres. Une seule chose peut nous étonner, c'est qu'il y ait encore des gens qui fassent métier d'écrire, et d'autres qui fassent métier de vendre des livres.

Et les traductions! Qui nous délivrera des traductions!!...

Arrière Beecher Stowe.

Schocke, Henri Conscience, et vous tous qui avez fait bailler les peuples!

Que d'oisons pour un aigle!

Que de Fullerton, que de Dacre pour un Henri Heine !

Les jeunes écrivains sont les cariatides d'un immense découragement, et je crains que le fardeau ne soit trop lourd.

Époque de transition, nous dit-on.

De transition à quoi ?

Avez-vous du génie? Avez-vous de l'esprit? Produisez! faites valoir! et de grâce laissez-là une fois pour toutes le drapeau fantaisiste de monsieur X... ou le haillon classique de monsieur L...

Il ne faut prendre la livrée de personne.

Si vous n'osez pas suivre votre propre voie, s'il est nécessaire que vous vous mettiez à la remorque de quelqu'un de ceux que nous appelons nos maîtres, allez plutôt cirer des bottes !

Les jeunes écrivains — je les vois et je les lis — sont éminemment artistes parce qu'ils piaffent, ils sont artistes parce qu'ils ont des partis pris de désolation et d'indépendance, ils sont artistes parce qu'ils disent : hors de nous pas de salut, ils sont artistes parce qu'ils sont jeunes.

Ils extravaguent souvent ; souvent ils pensent *à côté;* mais ils ont raison d'être dans le faux, parce qu'il faut commencer par là, et que s'ils commençaient autrement, ils seraient comme les champignons — tôt montés, tôt pourris.

Et maintenant vous verrez qu'un de ces jours, il arrivera un homme (peut-être est-il à Paris déjà, peut-être est-il en route); cet homme fera un livre, et toute la jeunesse se mettra à sa suite, en disant : Voilà ce que nous cherchions, comment ne l'avons-nous pas trouvé?

XXVI

OU L'AUTEUR PARLE DE LUI.

A MES AMIS.

On a fait courir le bruit que j'avais été victime de l'accident de Poitiers.

Je déclare ce bruit entièrement dénué de fondement.

Il est également faux que je me sois pendu, également faux que je sois allé rejoindre Petrus Borel en Afrique.

Vous n'ignorez pas que l'oiseau se tait quand il mue.

Voilà pourquoi j'ai dû me taire pendant trois mois.

Et je vous le dis en vérité, je suis aujourd'hui bien changé.

J'ai appris que les heureux d'aujourd'hui ont autrefois pensé comme nous, et j'ai vu combien cela nous épargnerait de temps de penser tout de suite comme eux, c'est-à-dire de faire dès maintenant ce que nous devons faire inévitablement plus tard.

Ce qui nuit aux jeunes gens, voyez-vous, c'est la jeunesse.

Ignorant que la vie est une science qu'il faut apprendre, ils fatiguent la société de leur turbulence, et vont devant eux et se laissent vivre tout bonnement, s'étonnant que le succès ne vienne pas les prendre par la main pour les conduire au Capitole.

Oh! que j'ai grand honte, quand je jette les yeux sur mon passé. J'étais bien le maraud sinistre et ténébreux de Victor Hugo.

Depuis quatre ans que j'ai collaboré à neuf journaux de Paris, j'ai touché à toute sorte de choses respectables, j'ai osé attaquer Scribe, ce qui me ferme le Théâtre-Français jusqu'à la mort de cet écrivain octogénaire, j'ai écrit des absurdités à Jules de Prémaray et à Clairville, et j'ai eu des opinions politiques...

J'avais pris l'épigraphe de Rivarol : Aux fous, aux sots, aux fripons, des douches, des sifflets, des étrivières, — et je vais avoir vingt et un ans, et je suis aussi avancé que le premier jour !

Qu'il faudrait être un grand fou pour continuer ce sot métier et se condamner soi-même au supplice de Sisyphe !...

L'échafaud n'a pas réclamé ma tête. Je puis la porter fièrement sur mes épaules, — cette tête pacifique, — avec privilége de monsieur le Gouverneur et permission de monsieur son Greffier.

Je serai désormais un homme sérieux et tout dévoué aux saines doctrines.

Me voici donc porté d'un seul pas parmi les gens arrivés. Je vais inonder le feuilleton des grands journaux, assiéger les directeurs de théâtre, briguer des primes et des pensions, recevoir de tous les côtés et m'engraisser comme un chambrelan; — et moi qui me serais fait un cas de conscience d'emprunter l'idée d'un autre, je passerai peut-être un jour parmi les voleurs dramatiques les plus accrédités.

Video meliora proboque deteriora sequor.

On dit que la littérature meurt de faim. Mais regardez donc X...! Mais regardez donc Z...! Quelle santé! quelle ampleur!

Si ceux-là meurent de faim, ils dissimulent, du moins, leur malheur avec beaucoup d'art.

Vous les méprisez? Laissez donc! Vous vous tiendriez pour très-honorés qu'ils voulussent bien vous octroyer une poignée de main.

Heureusement que l'homme n'est pas classé comme les autres bêtes.

S'il y avait une forme particulière pour l'assassin comme pour la hyène, une autre forme pour l'imposteur et le félon, pour l'escroc et pour l'usurier, comme il y en a pour le renard et le vautour, le loup et le serpent, il serait trop facile de connaître son monde.

On ne cesse pas d'être honnête homme du jour où le crime a été commis, mais de celui où il a été découvert.

Diderot a dit : « On peut bien exiger que je cherche la vérité, mais non que je la trouve. »

Je la chercherai toujours.

Qui vult decipi, decipiatur!

Je puis donc, dès aujourd'hui, annoncer la représentation de mes drames, et la prochaine publication de mes romans.

Je demande quinze jours pour être aussi célèbre que M. Reboul (de Nismes), et six ans pour commander à cinquante bonne mille livres de rente.

N. B. — C'est M. Scribe qui a inventé l'épithète de *bonnes*, appliquée constamment aux mille livres de rente. Connaisseur, va!

ÉPILOGUE.

On lit dans **la Gazette des Philistins :**

Si on peut appeler un livre la réunion de quelques méchants articles publiés par quelques méchants journaux, nous dirons : Voici un méchant livre !

Et d'abord, dans ces *Lettres à mon domestique,* il n'y a ni lettres, ni domestique. Ce titre n'est qu'un leurre, un appât. Le style en est inégal, incohérent, gêné dans les entournures, et la philosophie en serait odieuse si elle n'était idiote.

Nous ne demanderons pas ce qu'on aurait fait à Rome ou dans la Grèce de celui qui aurait parlé ainsi; même à l'époque la plus corrompue de ces gouvernements, ce blasphémateur n'aurait pu reparaître en public.

Quand donc se pénétrera-t-on bien en France des dangers de la lecture?

Nous ne saurions trop engager les pères de famille à laisser leurs enfants dans la plus complète ignorance et à désapprendre à lire, eux-mêmes, si c'est possible.

Tant qu'il y aura des colléges et des professeurs, des livres et des théâtres, nous désespérerons de l'avenir.

SPLEEN

> Monsieur le Bourreau, je désirerais que vous me guillotinassiez.
>
> PÉTRUS BOREL.
>
> Londres, Août 1851.

Le ciel est d'une humeur maussade,
Et le soleil est enrhumé.
Il passe, frileux et malade,
Comme un oiseau qu'on a plumé.
Infidèle à notre planète,
Qui vit de ses baisers de feux.
A quelque brillante comète
Le drôle fait-il les doux yeux ?

La peste soit de sa grimace !
Il a la fièvre en vérité.
Voyez blémir sa large face
Avec son gros nez épaté.
Morbleu ! la vilaine journée !
Le brouillard couvre les vallons...
J'ai l'âme pensive et peinée...
Que vont devenir les melons ?

La grande machine est usée,
Et les rouages ne vont plus.
Là-haut la flammèche embrasée
Est chétive comme un fœtus.
La lune semble poitrinaire,
Un volcan n'est guère qu'un four ;
Et quand résonne le tonnerre,
C'est comme le bruit d'un tambour.

L'eau croupit dans les sources vives.
Aux champs sont de maigres moissons,
Et les mamelles maladives
Sustentent quelques avortons.
La mer est un égout fétide,
Et ne soyez pas étonnés
Si quelque étoile peu solide
Un soir vous tombe sur le nez.

J'ai du plomb fondu dans la tête...
Mes yeux roulent languissamment,
Et j'entends comme un air fort bête
Que le vent joue incessamment.
J'ai goûté de tout sur la terre,
On peut préparer mon tombeau,
Car, à moins que l'on ne m'enterre,
Je ne vois plus rien de nouveau.

On dit que les hommes comprennent
Ce que la vie a de dégout...
Comment donc se fait-il qu'ils traînent
Leur carapace jusqu'au bout?
Je sais bien que chacun espère,
En sa lâche crédulité,
Trouver au bout de sa carrière
Un pur instant de volupté....

Mais quand vient la décrépitude,
Qu'on est aux trois quarts du chemin,
Au sein de cette turpitude,
Qu'attendre encor du lendemain?
Dupé par un rêve perfide,
Assez lontemps j'ai barbotté
Dans ce marécage stupide
Qu'on appelle société.

J'ai pénétré dans les coulisses,
J'ai vu les arbres de carton,
Je sais les hanches des actrices,
Leur jeunesse et leur vermillon :
J'ai vu dans ces farces ignobles
Que pucelles et philistins,
Rois, soudards, roturiers et nobles,
Sont de crapuleux baladins.

J'ai couru les champs et les villes,
Et je n'ai rencontré partout,
— Villes de bruit, hameaux tranquilles, —
Que des pianos et du dégoût.
Que la campagne est attrayante !
Voyez. Là, c'est un bouc qui paît,
Plus loin, une mare puante,
Des canards, un âne qui braît...

Un fumier, une betterave,
Du persil, des dindons gloussants,
Puis un colimaçon qui bave
Et des artichauts languissants.
Oh ! certes, la campagne est belle !
Et moi, bête comme un mulet...
— Ça ! qu'on m'apporte un pistolet !
Je veux me brûler la cervelle...

LA FERME

—

AQUARELLE.

On aperçoit sur la route
La ferme au pied du coteau.
La vache se penche — et broute
L'herbe haute au bord de l'eau.

Sous un noyer centenaire,
Au front richement peuplé,
Dans la cour on voit une aire,
Une aire à battre le blé.

L'avoine, le seigle et l'orge
Sont entassés à foison.

Le grenier crève — et dégorge
Les trésors de la moisson.

Le raisin foulé s'écrase
Sous le pressoir qu'il rougit;
Les canards fouillent la vase.
L'étable beugle et mugit.

Aux environs de l'étable,
Le coq, de son bec pointu,
Sondant et triant le sable,
Pique un grain sous un fétu.

Comme une verte corbeille,
A l'entour de la maison,
Montent les bras d'une treille :
C'est un nid dans un buisson.

Et derrière le feuillage,
Une mère de vingt ans,
Le sein hors de son corsage,
Allaite deux gros enfants.

LA PRAIRIE

A voir la prairie un beau jour de Mai,
Ne semble-t-il pas, comme une coquette,
Qu'elle ait revêtu ses habits de fête,
Pour paraître belle à son bien-aimé?

Elle a des colliers blancs de marguerites
Et des bracelets de pavots foncés
Que le vent du soir a gaîment tressés.
Elle a des bluets — ses fleurs favorites —
Attachés en nœud, comme des rubans.
A son jupon vert garni de volants.

Je le dis bien haut, ma maitresse est telle
Que je n'en sais pas une autre aussi belle ;
Son sein de velours est doux au sommeil...

Couché tout un jour, le dos au soleil,
J'ai filé souvent l'amour platonique,
Sur son lit auquel le frêne et l'ormeau
Font de toutes parts un épais rideau.

Que de fois, cueillant un baiser mystique,
Ai-je ramené, brisée, à mes dents,
Une amère fleur, une fleur des champs !

Et sous le ciel clair où chantait la brise,
Quand à l'horizon montait la nuit grise,
A pores ouverts, couché jusqu'au jour,
Je me soûlais de parfums et d'amour.

FIN

www.ingramcontent.com/pod-product-compliance
Lightning Source LLC
LaVergne TN
LVHW012011220826
846092LV00001B/315

9782329788982